Jill e la pianta di fagioli

Jill and the Beanstalk

by Manju Gregory

illustrated by David Anstey

Italian translation by Paola Antonioni

Jack si è arrampicato su per la collina
conla sua sorellina Jill.
Jack è caduto e ora non sta bene.
Non c'è niente da mangiare e sono tristi,
Peccato che il Gigante abbia mangiato il papà.

Jack climbed a hill with his sister Jill.
Jack fell down and now he's ill.
There's nothing to eat, they're feeling sad,
If only the Giant hadn't swallowed their dad.

La mamma chiese a Jill "pensi che potresti vendere
la mucca per procurarti un pò di denaro?"

Mum asked Jill, "Do you think somehow
You could raise money selling our cow?"

Jill non aveva ancora fatto un miglio quando incontrò un uomo vicino a un cancello.
"Ti dò questi fagioli in cambio di quella mucca" disse l'uomo.
"Fagioli!" gridò Jill. "Ma sei matto?"
L'uomo spiegò, "Questi sono fagioli magici. Ti porteranno regali come non ne hai mai visti."

Jill had barely walked a mile when she met a man beside a stile.
"Swap you these beans for that cow," he said.
"Beans!" cried Jill. "Are you off your head?"
The man explained, "These are magic beans. They bring you gifts you've never seen."

Jill li portò a casa alla mamma,
che gridò "Avrei dovuto mandare mio figlio!"
Gettò i fagioli ai piedi di Jill
E la mandò a letto senza cena.

Jill took them home to show her mum
Who cried out loud, "I should have sent my son!"
She threw the beans down at Jill's feet
And sent her to bed with nothing to eat.

Chi presto va a letto, presto si alza,
Jill si svegliò all'alba con una grande sorpresa.
La pianta di fagioli era cresciuta fino al cielo.
Prese un ramo e tenendosi stretta alle foglie
Si arrampicò su per la grande pianta che oscillava nell'aria.

Early to bed, early to rise,
Jill woke up at dawn with a mighty surprise.
A beanstalk had grown right up to the skies.
Catching hold of the stalk, clinging fast to the leaves,
She climbed the great plant as it swayed in the breeze.

Jill sentì un urlo, era la mamma!
"Scendi subito e cura tuo fratello!"
Ma Jill continuò ad arrampicarsi, non si fermò,
Andando sempre più,
in alto fino alla cima.

Jill heard a shout, it was her mother!
"Come down at once, look after your brother!"
But Jill just kept on climbing, she didn't stop,
All the way upwards, right to the top.

Saltò giù dalla pianta di fagioli, e sentì un gran pianto.
Una bambina gridava, "Ma dove sono le mie pecore?
Si sono allontanate mentre dormivo."
"Dove sono capitata?" chiese Jill.

She leapt off the beanstalk, and heard a loud weep.
A little girl cried, "Oh, where are my sheep?
They've wandered away while I was asleep."
"Where am I?" asked Jill.

"Sei nel mondo dove abita il Gigante.
Sei venuta per vindicarti o per perdonare?
Fai segno col mio bastone e scegli ora il tuo destino,
Tornare in fondo alla pianta o proseguire per la casa
del Gigante?"

"You're in the land where the Giant lives.
Did you come to avenge or come to forgive?
With a wave of my crook now choose your fate,
Back down the beanstalk or onto the Giant's Gate?"

Jill arrivò davanti alla casa del Gigante
Si sentì piccola e impaurita come un
topo tremante.
Una vecchietta strana si trovava li vicino,
Spazzolando le ragnatele dal cielo chiese
"Piccola, perche sei venuta qui? Perche, perche?"

Jill stood in front of the Giant's house
Feeling tiny and scared like a quivering mouse.
A strange old woman was standing by,
Brushing cobwebs out of the sky.
"Little girl, why are you here? Why, oh why?"

Mentre parlava la terra comminciò a tremare,
con un rumore assordante come quello di un terremoto enorme.
La donna disse "Presto, corri in casa. C'è solo un posto…ti nasconderai nel forno!
Non fiatare, nemmeno un sospiro, resta zitta, silenziosa come la neve se non vuoi morire."

As she spoke the ground began to shake, with a deafening sound like a mighty earthquake.
The woman said, "Quick run inside. There's only one place…in the oven you'll hide!
Take barely one breath, don't utter a sigh, stay silent as snow, if you don't want to die."

Jill si rannicchiò nel forno. Cosa aveva fatto?
Come avrebbe voluto essere a casa con la mamma.
Il Gigante parlò "Fii fa fo fano. Io fiuto il sangue di un umano."
"Marito tu fiuti solo gli uccelli che cuociano nel tortino. Ne sono caduti ventiquattro dal cielo."

Jill crouched in the oven. What had she done? How she wished she were home with her mum.
The Giant spoke, "Fee, fi, faw, fum. I smell the blood of an earthly man."
"Husband, you smell only the birds I baked in a pie. All four and twenty dropped out of the sky."

Il Gigante gridò "Non ho nessuna
voglia di provare il tuo piatto raffinato.
Moglie, devo mangiare! Vai in cucina e
portami la carne!"
Attraverso la porta del forno, Jill osservò
il Gigante devorarsi un cinghiale.

The Giant bawled, "I have no wish to even try your dainty dish.
Wife, I need to eat. Go to the kitchen and fetch me my meat!"
From a gap in the oven door, Jill watched the Giant devour a wild boar.

Il Gigante si adagiò, non era contento.
Gridò "Portami la mia oca e muoviti."
Dicendo "OCA DEPONI" chiuse gli occhi.
Cón grande sorpresa di Jill l'oca depose un bellùovo d'oro.
Poi il gigante si addormentò e comminciò a russare.
Assomigliava proprio il ruggito di un leone maestoso!

The Giant sat back, he wasn't happy.
He bellowed: "Get me my goose,
and make it snappy."
Saying, "Goose deliver," he closed his eyes.
It lay a bright golden egg,
much to Jill's surprise.
The Giant had a lot of fun,
Counting solid gold eggs one by one.
Then he fell asleep and started to snore
Sounding just like a mighty lion's roar!

Jill sapeva di poter scappare mentre il Gigante dormiva
Allora uscì piano piano dal forno.
Poi si ricordò ciò che suo amico Tom aveva fatto,
Aveva rubato un maiale e se ne era andato.
Afferrò l'oca, e corse via! Corse e corse...
"Devo scendere per quella pianta di fagioli, veloce come il lampo!"

Jill knew she could escape while the Giant slept.
So carefully out of the oven she crept.
Then she remembered what her friend, Tom, had done.
Stole a pig and away he'd run.
Grabbing the goose, she ran and ran.
"I must get to that beanstalk as fast as I can."

Scivolò giù per il fusto e gridò, "Sono tornata!"
La mamma e Jack si precipitarono fuori di casa.

She slid down the stalk shouting, "I'm back!"
And out of the house came mother and Jack.

"Io e tuo fratello eravamo cosi preoccupati.
Come hai potuto arrampicarti su quell ènorme pianta grigia e salire fino al cielo?"
"Ma mamma," disse Jill, "Non mi sonno fatta niente. E quarda cos'ho qui sotto il braccio."
"Oca deponi" Jill ripeté le parole del Gigante,
E subito l'oca depose un bellùovo d'oro.

"We've been worried sick, your brother and I. How could you climb that great stalk to the sky?"
"But Mum," Jill said, "I came to no harm. And look what I have under my arm."
"Goose deliver," Jill repeated the words that the Giant had said,
And the goose instantly laid a bright golden egg.

La visita di Jill al nascondiglio del Gigante risparmiò
alla sua famiglia fame e disperazione.

Jill's visit to the Giant's lair kept her family from hunger and despair.

Jack però cominciò ad essere geloso di sua sorella.
Avrebbe voluto essere stato lui ad arrampicarsi su per il ramo invece
di salire su quella collina.
Spesso Jack si vantava dicendo che
Se fosse stato lui ad incontrare il Gigante gli avrebbe tagliato la testa.

Jack couldn't help feeling envious of his sister Jill.
He wished he'd climbed a beanstalk instead of a hill.
Jack boasted a lot and often said
If he'd met the Giant he would've chopped off his head.

La mamma li aveva avvertiti di non arrampicarsi sulla pianta.
Ma Jill si era stancata di sentire le sciocche osservazioni
di suo fratello.
Un giornò, ben travestita, Jill si arrampicò sul fusto
e raggiunse i cieli.

Their mother had warned them not to climb that stalk
But Jill was fed up with Jack's idle talk.
One day, in clever disguise, Jill climbed up the beanstalk
And reached the skies.

La vecchietta seduta vicino al cancello
aveve un aspetto triste,
Il Gigante la trattava male, molto male.
Da quando gli avevano rubata l'oca.
Diventava ogni giorno più spaventoso.

The old woman sat by the gate looking sad,
The evil Giant treated her bad, very bad.
He'd become more gruesome by the day,
Since his goose had been stolen away.

La moglie del Gigante non riconobbe Jill,
Però sentì dei passi rimbombanti che scendevano la collina.
"Il Gigante!" gridò. "Se fiuta il tuo sangue adesso ti ucciderà di sicuro."

The Giant's wife didn't recognise Jill,
But she heard the sound of thundering footsteps coming down the hill.
"The Giant!" she cried. "If he smells your blood now, he's sure to kill."

"Hica dica dogio!
Presto, nasconditi nellòrologio!"

"Hickory dickory dock,
Quick, go hide in the clock!"

"Fii fa fo fano, io fiuto il sangue di un umano,
Morto o vivo che sia, gli taglio la testa parola mia" disse il Gigante.
"Tu senti solo il profumo delle crostate appena sfornate,
Ho preso la ricetta dalla Regina dei Cuori."
"Moglie, sono un Gigante, ho bisogno di mangiare.
Vai in cucina e portami la carne."

"Fe fi faw fum, I smell the blood of an earthly man.
Let him be alive or let him be dead, I'll chop off his head," the Giant said.
"You smell only my freshly baked tarts, I borrowed a recipe from the Queen of Hearts."
"I'm a Giant, wife, I need to eat. Go to the kitchen and get me my meat."

Il Gigante si divorò la bestia come la volta precedente.
Dopo un' ora intera chiese di più.
Sua moglie gli portò un' arpa, una cosa meravigliosa,
Fatta di oro puro con cento corde.
Il Gigante urlò "SUONA". Era stanco.
Subito l'arpa si mise a suonare da sola.

The Giant gorged on beast as before.
One full hour passed by, then he called for more.
His wife brought in a harp, the most magnificent of things,
Made out of pure gold with a hundred strings.
The Giant yelled: "Play," he was feeling bored.
The harp instantly played of its own accord.

Una ninna nanna così calma e dolce che il Gigante si addormentò.
Jill voleva l'arpa che suonava senza tocco. La voleva veramente tanto!
Timorosamente uscii' dal orologio e afferrò l'arpa d'oro mentre il Gigante dormiva.

A lullaby so calm and sweet, the lumbering Giant fell fast asleep.
Jill wanted the harp that played without touch. She wanted it so very much!
Out of the clock she nervously crept, and grabbed the harp of gold whilst the Giant slept.

Jill s'incamminò verso la pianta di fagioli, inciampando nel cane, e girando in tondo.
Poi l'arpa si mise a gridore "PADRONE! PADRONE!" Il Gigante si svegliò, si alzò e le corse dietro.
Jill sapeva che doveva correre sempre più forte.

To the beanstalk Jill was bound, tripping over a dog, running round and round.
When the harp cried out: "MASTER! MASTER!" The Giant awoke, got up and ran after.
Jill knew she would have to run faster and faster.

Il Gigante urlò, "Ah tu credi di poter scappare!
Guarda cos'è successo a Tom il figlio del pifferaio!"
Tenendo stretta l'arpa, Jill corse e corse,
"Devo raggiungere quella pianta di fagioli al più presto."

The Giant howled, "So you think you can run!
Look what happened to Tom, the piper's son!"
Holding onto the harp, Jill ran and ran,
"I must get to that beanstalk as fast as I can."

Mentre scivolava giu per il ramo,
l'arpa gridò: "PADRONE!"
L'enorme bruttissimo Gigante le veniva dietro.
Jill afferrò l'ascia per tagliare la legna
E in fretta abbattè la pianta di fagioli.

She slid down the stalk, the harp cried: "MASTER!"
The great ugly Giant came thundering after.
Jill grabbed the axe for cutting wood
And hacked down the beanstalk as fast as she could.

Con ogni passo il Gigante faceva gemere i rami. Il colpo d'ascia di Jill fece cadere il Gigante.
Giù giù cadde il Gigante!
Jack, Jill e la mamma guardarono stupiti, il Gigante sprofondò due metri sotto terra.

Each Giant's step caused the stalk to rumble. Jill's hack of the axe caused the Giant to tumble.
Down down the Giant plunged!
Jack, Jill and mum watched in wonder, as the giant CRASHED, ten feet under.

Ora Jack, Jill e la mamma passano le giornate,
Cantando canzoni e rime che l'arpa d'oro suona.

Jack, Jill and their mother now spend their days,
Singing songs and rhymes that the golden harp plays.

Text copyright © 2004 Manju Gregory
Illustrations copyright © 2004 David Anstey
Dual language copyright © 2004 Mantra

British Library Cataloguing-in-Publication Data:
a catalogue record for this book is available
from the British Library.

First published 2004 by Mantra
5 Alexandra Grove, London N12 8NU, UK

www.mantralingua.com